SOUVENIR POPULAIRE.

Imprimerie de COSSE et G. LAGUIONIE,
rue Christine, n. 2.

SOUVENIR POPULAIRE,

PAR

ACHILLE BROUTTA.

PARIS,

IMPRIMERIE ET LIBRAIRIE MILITAIRE DE GAULTIER-LAGUIONIE,

(MAISON ANSELIN)

Rue et passage Dauphine, 36.

—

DÉCEMBRE 1840.

SOUVENIR POPULAIRE.

Je désire que mes cendres reposent sur les bords de la Seine, au milieu de ce peuple français que j'ai tant aimé.

(Codicille du 26 Mars 1821, à Ste-Hélène.)

I.

Peuple! — tu t'en souviens, lorsque sous tes murailles
Retentissaient au soir les sonores tambours,
Et que l'Aigle meurtrie au feu de vingt batailles
    Ployait sous l'effort des vautours :

Ils accouraient, joyeux, à l'immense curée ;
Anglais, Russes, Saxons, des cités, des déserts,
Bourdonnaient et tombaient dans la ville effarée,
    Comme des frélons dans les airs.

Et toi, sous le fléau qui broyait tes familles,
Tu répétais comme eux : — Mort au Tyran ! — Amis,
Prenez trésors, palais, moissons et jeunes filles,
    Nous ne demandons que nos lys.
Puis leur serrant la main, au pied de la colonne,
Où, seul, planait encor le bronze impérial,
Tu courais devant eux que ton ivresse étonne,
    Briser le géant colossal.
« A l'œuvre ! à l'œuvre ! Il faut qu'on le chasse et qu'il meure ;
« Il faut briser nos fers : — Oui, gloire à l'étranger
« Qui, pour nous délivrer, pille notre demeure,
    « Et qui nous bat pour nous venger ! »
Et plus tard, — quand la foule ardente et forcenée
S'arrêta ; quand tu vis ces Dieux libérateurs
Rire en jetant aux fers la ville consternée,
    Et fouler aux pieds tes couleurs,
Alors tu regardas ; — contemplateur stupide,
Tu te pris à pleurer ton vieux drapeau proscrit,
Ta ville saccagée, et ta colonne vide
    Et tes frères que l'on bannit :

Tu pleurais ! pleurs tardifs et par qui rien ne germe ;
Tu pleurais ! et le Ciel à ta voix se referme,
Car, pour répondre au bruit de leurs mille clairons
Qui hurlent la vengeance et l'injure à leur aise,
La France est à la fois veuve de ses canons,
    Et veuve de sa Marseillaise.

II.

Alors, tu l'invoquais : Dans l'île solitaire,
    Sous un soleil âpre et mordant,
Que faisait-il? — Pour toi, son âme prisonnière
    Ranimait un corps expirant :
Oh! lorsqu'un souvenir de gloire et de bataille
    Sombre et furtif ridait son front,
Soudain il écoutait; — et fanfare et mitraille,
    Coursiers qui s'élancent d'un bond,
Drapeaux qui déroulaient aux brises matinales
    Leurs Aigles et leurs trois couleurs,
Te Deum de victoire aux nefs des capitales
    Chantés par cent mille vainqueurs,
Tout passait devant lui, mais passait comme un rêve,
    Et posant son front dans sa main,
Il demandait aux flots qui mouraient sur la grève
    Un rêve pour le lendemain ...

   . . . .

Car, il laissait un fils héritier de sa gloire,
    Un enfant pour porter son nom,
Qui devait après lui reprendre sa mémoire
    Et s'appeler Napoléon !
Oh! lui, pouvait mourir! — lui, proscrit par la haine,
    Lui, trop grand pour de simples rois,

Lui, cloué prisonnier, au roc de Sainte-Hélène,
    Comme un léopard aux abois,
Il pouvait bien mourir. — Assez longtemps, le monde
    A sur lui levé tous ses yeux ;
Son aigle, assez longtemps, hardie et vagabonde,
    A monté de la terre aux cieux ;
Eh bien ! qu'il dorme enfin ! — Victime populaire,
    Qu'il n'ait ni passé ni présent,
Qu'il n'ait rien pour marquer sa route sur la terre
    Que son épée et son enfant.
Mais l'avenir ! — Il est pour cet enfant, peut-être,
    Car il doit être grand déjà ;
Cer il doit, curieux d'apprendre à se connaître,
    Savoir où son père passa,
Et s'il dort à Schœnbrunn, quelquefois dans son rêve,
    Sous l'antique toit des Césars,
Il doit ouïr un bruit de guerre qui s'élève,
    Et voir flotter des étendards.
— Il vivra, jeune, fort, héritier de ses veilles,
    Deux fois sacré par le malheur ;
Et quand on lui dira les lointaines merveilles
    Du soldat qui fut Empereur,
Oh ! sa jeune âme alors, joyeuse d'espérance,
    Prendra le souffle paternel,
Il dira : « L'avenir ! l'avenir recommence,
    « Et mon père me voit du ciel.... »
— Et dans ce doux espoir, dans ce joyeux délire,
    Son cœur s'abandonnait : soudain,

Il oubliait geôliers, rêves, couronne, empire.....
    A toi, France! à toi son destin;
A toi son fils! à toi son unique héritage
    Qu'il te lègue au bord du tombeau;
A toi ce cher enfant, qui vit à son jeune âge
    Un royaume pour son berceau:
A toi, pauvre aujourd'hui, repentante, flétrie
    Sous l'éperon de l'étranger,
Mais qui peux quelque jour, dans ta sainte furie,
    Renaître encor pour la venger!.....

III.

Puis après, il mourut; et lorsque, jeune encore,
J'écoutais le récit du vétéran en pleurs,
Ce nom retentissait dans mon âme sonore,
Et je lui disais · « Viens. conte-moi ses douleurs;
« Viens : au globe d'airain de la haute colonne,
« Dis-moi comme il posait terrible, et grand à voir;
« Dis comment le héros que la France abandonne
« De bataille en bataille au sommet vint s'asseoir. »
Et le peuple en passant, à l'œil froid et hagard,
Nous regardait, de loin, prier, sans nous comprendre;
Je me disais : — Jamais rendra-t-il à César
L'autel d'où la fortune un jour l'a fait descendre;
Lui, qui passe muet au pied du monument,

1**

Ne sait-il plus déjà, peuple frivole et lâche,
Les regrets du captif et les vœux du mourant?
A-t-il donc renié sa tache?

IV.

Oh! non; car un beau jour qu'un lourd soleil plombait,
Je t'entendis rugir dans ta loge à l'étroit,
Peuple! — tu t'en souviens! En vrai lion numide,
Ta paupière était fauve et ton regard livide,
Ton cri de liberté, puissant, vibrait dans l'air;
Ta main rude et calleuse avait brandi le fer;
Et lorsque tu prenais pour trois jours de bataille
Le drapeau d'Austerlitz tout noirci de mitraille,
Par un vieux souvenir tu répétais en chœur :
« L'Empereur! vive l'Empereur!... »
— Trois jours, couvert de sang, de bave et de poussière,
Tu vins lécher ton poil et ta dent meurtrière,
Et lorsqu'il eut enfin largement festoyé,
Le lion s'assoupit sur ses jambes ployé,
Et la face dans sa crinière.

V.

Oh! si donnant l'essor à ton large courroux,
La liberté féconde avait ouvert l'arène,

Ainsi qu'aux anciens jours , l'étranger sous tes coups
Aurait pâli.—Pour toi , la fortune incertaine,
Joyeuse , eût accouru sous son ancien drapeau ,
Et l'enfant de Schœnbrunn , écoutant sa fanfare ,
Aurait senti renaître aux portes du tombeau
    La sève d'une vie avare !....

— Maintenant il est mort, et le cri paternel,
L'espoir qui l'animait à son heure dernière,
Les vœux que pour son fils il adressait au Ciel.
Dieu seul les entendit.—Dérision amère !
Quand ils ont vu de loin passer le noir cercueil,
Qand l'hymne du trépas eut sonné sur sa tête,
Oh ! tes maîtres alors t'ont fait joyeux accueil ;
Ils ont dit : ce sera pour lui bien grande fête,
Bon peuple, rendons lui son bronze et son drapeau ;
    La voix du mort n'a point d'écho.

VI.

Dieu jette à l'avenir des semences fécondes,
Et du néant obscur il fait jaillir les mondes
    Comme la lave du volcan.

Dieu, — c'est aussi le peuple. — Et quand le fier géant
Ebranlait les cités et mêlait les batailles,

Courait échevelé sous le feu des mitrailles,
    Tête basse et genoux pressés,
Dieu l'arrêta. — Sa tâche au monde était finie;
Il reprit dans son sein l'espérance et la vie
    Entre deux règnes dispersés.

Pour instruire la terre ignorante et débile,
Vingt ans, il les laissa comme un jouet docile
    Au caprice des rois vainqueurs;
Mais un jour que l'enfant avait rejoint son père,
Il lui montra le monde ému comme un cratère,
    Encor rouge de ses fureurs.

Puis il lui dit : Regarde, aux rives de la Seine,
Regarde un peuple entier qui rue et se déchaîne
    Au seul cri de la liberté;
Ce peuple c'est le tien. — Ce pays, c'est la France;
Ce jour, c'est l'avenir qui pour toi recommence
    Et date ton éternité.

L'Expiation.

5 mai 1821.   5 mai 1840.

I.

Allons, mes vieux sabords, mes vaisseaux vermoulus,
Aux mâts découronnés qu'une eau stagnante mouille,
Dans la vase des ports vétérans confondus,
Et dont le bronze éteint se ronge sous la rouille,
Appareillez ! — Là-bas, au sein des vastes mers,
Par-delà l'équateur, j'ai vu luire une étoile ;
Hâtez-vous : que le câble, en sifflant dans les airs,
    Aide au vent qui gonfle la voile.

Qui de vous, le premier, sera prêt à partir?
— Toi, qui le révélas, jeune encore, à la France,
Quand il vint, fier aiglon qui lit dans l'avenir,
Essayer parmi nous sa sérieuse enfance?
Toi, surtout, vieux Muiron, dont les triples couleurs,
Aux bords des Pharaons, aux murs d'Alexandrie,
Annoncèrent un jour ces hardis voyageurs
Qui de l'antique Egypte éveillaient le génie?...
— Sera-ce toi, débris d'un naufrage éclatant,
Qui, parmi la croisière inquiète, importune,
Vers les bords de la France où l'avenir l'attend,
    Portas César et sa fortune?
— Sera-ce toi, vaisseau digne d'un meilleur sort,
Du bataillon sacré trop incertain asile,
Quand il vint tout à coup abriter dans le port,
Son aigle qui bientôt volait de ville en ville?
    — Sera-ce toi, Bellérophon,
    Témoin d'un crime lamentable,
    Toi qui conserves sur le front
    Comme une tache impérissable;
    Ah! si ta carène languit
    Dans quelque havre délaissée,
    Relève-toi, son astre luit;
    Et ton injure est effacée!
    Viens; franchis des flots trop connus;
    Viens; que le drapeau tricolore,
    Cause de maux qui ne sont plus,
    Près des étoiles brille encore;

L'œil de Dieu sur nous s'est baissé ;
Le présent absout le passé.

II.

Mais où sont ces témoins de malheur et de gloire,
Ces monuments des jours que nos pères ont vus ;
Où sont-ils ? — De leur sort personne n'a mémoire,
Ou dans les arsenaux ils gisent abattus.
— Eh ! bien, qu'un autre vienne, impatient, rapide,
De son jeune baptême encor tout glorieux ;
Comme aux jours d'autrefois, qu'un fils de roi le guide :
C'est un nouvel Argo ; mais son chef plus heureux
Ne va pas dérober les trésors de Colchide.

III.

Place au vaisseau sacré, place au vaisseau des Dieux !
Son étendart français flotte en paix sur les ondes,
Un jour vient d'effacer un forfait odieux,
Un seul jour a fermé des blessures profondes ;
Le peuple qui vingt ans contre nous a lutté,
A des mânes proscrits rendant la liberté,
Salue en s'inclinant la sainte Théorie

Qui va chercher l'Oracle au temple de Délos,
Pour le Palladium l'autel se purifie;
Place au vaisseau sacré! place, il porte un tombeau!

IV.

Hâtez-vous! hâtez-vous! l'encens suit la prière;
Argonautes choisis, à votre pavillon
Suspendez un drapeau d'Auterlitz et du Caire,
Et sur les flancs brunis de la sainte galère,
    Gravez : Napoléon!

V.

    Et vous, les témoins de sa gloire,
    Vous, ses compagnons d'autrefois,
    Capitaines que la victoire
    Avait faits plus grands que des rois;
    Ombres, jetez votre suaire,
    Tressaillez dans vos monuments,
    Et pour la fête populaire,
    Reprenez vos commandements.

—Morts! voici l'Empereur! — Morts, voici la revue
Qu'au vaste Champ de Mars il passera bientôt;
    Que tout s'agite et se remue,
Les clairons, les tambours auront un bel écho.

Qu'à la voix de leurs chefs les bataillons s'alignent;
Ici la garde, ici vélites d'Aboukir;
    Là, les verts chassèurs qui trépignent,
Là, les conscrits d'hier que le feu doit vieillir.

— Bien! —Maintenant venez, Lannes, Duroc, Bessières,
Sage Desaix, Kléber, géant du Mont-Thabor,
    O vous toutes, âmes guerrières,
Pour lui faire cortége éveillez-vous encor;

Avec tes escadrons, accours prendre la tête,
Toi, Murat, dont le trône, hélas! est pardonné,
    Toi qui devais, dans la tempête,
Mourir comme un soldat, vers l'ennemi tourné!...

VI.

Hélas! de ces grands noms, de ces nobles annales
Bien peu de souvenirs! — et ce n'était qu'hier!...
Les rangs sont éclaircis; la mort, sans intervalles,
Achève les guerriers qu'a mutilés le fer!
Veille, ô Dieu tout-puissant, sur le peu qui respire;
C'est notre orgueil à tous, notre jeune blason,
C'est l'éloquente page où nos fils viennent lire
    L'histoire de Napoléon.
A ceux qui l'ont suivi dans l'île solitaire,

A ceux qui du captif ont fermé le tombeau,
Donne, ô Dieu tout puissant, de revoir sa poussière,
Et de rendre à la France un glorieux dépôt.
Ils n'ont pas demandé, pour prix de leur constance,
Que le vain bruit du monde environnât leur nom;
Mais l'univers le sait, mais chaque enfant en France
Montre du doigt Bertrand, Las Cases, Montholon :
—Toi, surtout, âme pure, et d'honneur toute sainte,
Homme des anciens jours, vrai sage, vrai guerrier,
Toi, BERTRAND, dont le cœur a gardé chaque empreinte
Des fers que sur ses bras a rivés le geôlier...
Oh! sois heureux! la mort a respecté ta tête,
Mon vieux soldat! et Dieu qui bénit un grand cœur,
Te gardait parmi nous pour couronner ta fête,
    — La fête de ton Empereur!...

VII.

Bien des voix l'ont chanté, l'ont maudit :— Double crime :
Ils l'avaient proclamé le génie éclatant,
Le bras droit du Très-Haut, le fort, le magnanime,
L'homme prédestiné, le héros triomphant,
L'éternel!— Et plus tard, quand il tomba du trône,
Quand son front chancela, quand son astre pâlit,
Chacun voulut des dents lui ronger sa couronne,
Et le grand Empereur fut un tyran maudit.
Plus le titre était haut, plus basse fut l'injure;

La meute se jeta sur le lion forcé,
Son nom jadis symbole, et maintenant souillure,
De tous ses monuments disparut effacé;
A l'aigle qui tombait on arracha les aîles,
On renia le Christ étendu sur la croix;
On courut déchirer, par d'infâmes libelles,
Celui qui sur le bronze avait écrit nos droits;
Le fier républicain qui rampait sous son glaive,
Alors qu'il est brisé, dit d'un air indompté :
    « Qu'as-tu fait de ma liberté ! »
Des mères et des sœurs l'anathème se lève;
    Toutes ensemble ont dit :
« Qu'as-tu fait de nos fils, qu'as-tu fait de nos frères?
« Tu nous les as ravis pour tes jeux sanguinaires;
    « Vil tyran ! — Sois maudit !... »

VIII.

Pardonnez-leur, mon Dieu, car leur colère est prompte,
    Car ils ne savent ce qu'ils font;
Pardonnez-leur ! — Le temps est mauvais, ils ont honte
    Du joug qui déchire leur front !
Oh ! pour vingt ans de gloire une seule défaite;
    Tout un siècle pour un seul jour !...
Laissez passer, mon Dieu, l'effort de la tempête,
    Et la justice aura son tour !...

IX.

— Ecoutez ! — Il est mort ! — Silence !
Il est mort, le grand Empereur,
Et cette rumeur qui s'avance
D'épouvante glace le cœur.
Il est mort ! et Dieu clot le livre
Où son nom demeure immortel !
— Il est mort ! il commence à vivre ;
Son tombeau devient son autel.

Les peuples accourent en foule
Comme à l'oracle de Memnon,
Pour apprendre ce qui découle
Des lèvres de Napoléon.
Déjà son règne est une histoire ;
Son nom pousse le genre humain,
Et de sa merveilleuse gloire
L'Orient se trouble un matin.

Alors, des quatre bouts du monde,
A travers le grand océan,
Une voix monte, roule et gronde
Comme un appel du Jugement ;
Et dans ce concert unanime
Que forment les peuples en chœur,
On entend un écho sublime
Répéter : Vive l'Empereur !...

X.

Va! tu seras encor salué d'âge en âge,
Toi que les nautonniers se montraient dans l'orage,
D'un étrange destin, éternel souvenir,
Rocher de Sainte-Hélène où l'aigle vint mourir!
Phare, dont la lueur éclaira les deux mondes,
Écueil, dont l'ombre étroite, au sein des mers profondes,
Peut à peine abriter les trois mâts d'un vaisseau,
Et qui de l'Empereur enfermas le tombeau!
— L'Empereur! on l'a donc salué de sa gloire!
On a rendu son nom au fils de la victoire,
On l'a légitimé sous le sceau du malheur,
Et quand il fut bien mort, on a dit : l'Empereur!
Oh! c'est qu'il n'en est qu'un! — Un seul. — Son auréole
A travers tous les flots sur la tempête vole;
Car ces rois d'ici-bas, ces fils de l'Éternel,
On les nomme sans doute à la face du ciel;
On dit : Louis, César, Auguste, Charlemagne,
De leur titre de Grand chacun les accompagne;
Mais lui, c'est l'Empereur. — Et parmi tant de fronts
Sur qui, d'une couronne ont brillé les fleurons,
Le seul dont la mémoire ici soit populaire,
Le seul à qui son nom ne soit pas nécessaire,
Le seul dans son berceau, le seul dans sa grandeur,
    C'est lui, c'est l'Empereur!

XI.

Salut donc à toi, Sainte-Hélène,
Volcan où dormit un volcan,
Nom sacré qu'une bouche humaine
Ne prononce plus qu'en tremblant!
Terre sainte par un naufrage,
Hàvre chéri du matelot,
Toi qui l'abrites de l'orage,
Toi qui lui montres un tombeau!

Salut à toi, Mecque nouvelle
Où s'arrêtait le pèlerin,
Où l'Alcyon prit son aile
L'Aigle abattu par le destin :
Salut à toi, cime hautaine,
Salut tombeau réparateur!
La voix qui maudit Sainte-Hélène,
Bénit aujourd'hui l'Empereur!

XII.

Et vous qui traversez les ondes solitaires,
    Peuples, tribus, vaisseaux,
Vous qui portez nos lois, nos grandeurs, nos misères
    A de lointains échos;

Vous qui dites aux bords de l'Indus et du Gange
    Le nom de l'Empereur,
Et des mystiques bruits de sa fortune étrange,
    Faites battre tout cœur ;
Ah ! si tout près de vous, si la nef trois fois sainte
    Se croisait au retour,
Inclinez-vous, priez, puis invoquez sans crainte,
    L'astre brille à son tour ;
Les saules dont vos mains ébranchaient le feuillage
    En pieux souvenir,
Là-bas, avec son nom grandiront d'âge en âge,
    Et ne sauront mourir ;
Le tombeau sera vide, — et pourtant l'île entière,
    Et l'immense océan,
Et les voix qui s'en vont, joignant chaque hémisphère,
    Au nom du Tout-Puissant,
Vous diront : « Le proscrit aux rives de la Seine
    Repose en son tombeau ;
Mais l'étoile du soir qui brille à Sainte-Hélène,
De son apothéose est le premier flambeau !

XIII.

. . . .

Et maintenant, tu dors au fond du sanctuaire ;
A l'ombre des drapeaux aux voûtes suspendus,
Tu dors, enseveli dans ton manteau de guerre....

Mais, ces drapeaux, hélas! tu ne les connais plus!
Ce n'est plus Marengo, Wagram, les Pyramides,
Schœnbrunn et ses palais, et le rouge Kremlin
Éclairant de ses feux tes bandes intrépides;
L'Italie et Moscow; — L'aurore et le déclin!
Oh! les temps sont changés! — Oh! ta France si belle,
Ton peuple d'Austerlitz, abdiquant son passé,
Honteux de sa grandeur, à sa gloire infidèle
Et sur les pas des rois marchant le front baissé,
Descend du rang suprême où tu l'avais placé!....

XIV.

Et pourtant, si ces murs, ces voûtes solitaires
S'animaient tout à coup des clameurs militaires,
Si ce bronze endormi, tonnant pour d'autres jeux,
Appelait dans les camps les fils de la patrie,
Ah! du moins aujourd'hui, tu serais avec eux!
Ton aigle, du tombeau sortirait rajeunie,
La diane battrait sous le long corridor,
Et ta voix, résonnant du haut du dôme immense,
A de nouveaux destins nous guiderait encor,
Et d'un cri de victoire éveillerait la France!

10 Décembre 1840.

Achille BROUTTA.